Lumières et Reflets

Petite Collection rose

MADAME A. DAUDET

Lumières et Reflets

PARIS

LIBRAIRIE A. LEMERRE

NOTICE

Peu de femmes ont écrit aussi jeunes. Mlle Julia Allard, qui devait bientôt devenir la compagne d'un illustre romancier et sa collaboratrice assidue, avait à peine dix-sept ans qu'elle publiait à l'Art, *sous le pseudonyme de Marguerite Tournay, des poésies toutes frémissantes de jeunesse et de sincérité. Comme les grandes poétesses qui l'avaient précédée, elle était de celles dont l'âme ne s'est épanouie que pour chanter.*

Vers et prose, son œuvre est considérable : Impressions de nature et d'art *(1879),* l'Enfance d'une Parisienne *(1883),* Fragments d'un livre inédit *(1885), dont Jules Lemaître loua la grâce exquise, la legèreté ténue et la séduisante originalité. Puis vinrent* Enfants et Mères *(1889)*, Poésies *(1895)*, Notes sur Londres *(1897)*, Journées de femmes, Alinéas *(1898)*, Miroirs et Mirages *(1899)*, Reflets sur le sable et sur l'eau *(1903)*, Au bord des terrasses *(1907)*, Souvenirs autour d'un groupe littéraire *(1910)*, *en 1913* les Archipels lumineux, Quand Odile saura lire... *(1919)*.

« *Jamais femme, a dit de Mme Alphonse Daudet José-Maria de Heredia, n'a su mieux porter un nom illustre. Elle a sa part volontairement discrète dans la gloire du romancier. Pourtant sa personnalité subsiste à travers ce rayonnement.* »

Nulle en effet n'a su dire comme elle la mélancolie d'un souvenir d'enfance, le charme attristé d'un paysage enfui, tout ce que peut contenir de poignante émotion la dernière fleur de l'automne, le suprême chant de l'oiseau, l'ultime heure du jour.

Le Tremble

Je connais des rameaux dont le pâle feuillage
Par un souffle inquiet toujours tremble agité.
En vain le temps est calme, en vain sans un nuage
L'azur rayonne au fond du fleuve reflété.

Il tremble quand l'aurore au ciel bleu se réveille,
Il tremble quand midi sourit dans un rayon,
Il tremble quand la nuit s'étend, et que sommeille
Parmi les épis d'or l'humble fleur du sillon ;

Et l'on croirait toujours voir les branches couvertes
De légers papillons un moment arrêtés,
Pliant et repliant leurs ailes entr'ouvertes
Avant de s'envoler, par la bise emportés.

Et je connais des cœurs qu'une vague tristesse
Agite frissonnants sous un souffle orageux
Même en ces jours bénis d'espoir et de jeunesse
Où l'horizon s'étend limpide et lumineux.

Leur bouche connaît mieux le rire que la plainte,
Leur front pur s'est penché pour prier seulement,
Et s'ils s'en vont tremblants, ce n'est jamais de crainte,
La vie est loin encor : c'est de pressentiment.

Pensée d'Automne

Tout ce qui dort en nous trouve un jour son réveil,
A l'heure d'espérance ou de mélancolie,
Tout ce qui chante à l'ombre ou rayonne au soleil,
Les oiseaux qu'on délaisse et les fleurs qu'on oublie.

Mais quelquefois, laissant les beaux jours un à un
Éteindre à l'horizon leur clarté douce et rose,
Les âmes bien longtemps gardent chant et parfum
Dans le gosier muet, dans la corolle close.

Pour les unes, la vie eut trop de beaux rayons
Pour que la fleur d'un rêve y pût vivre ignorée ;
D'autres ont vu la neige emplir tous les sillons
Où leur espoir semait quelque moisson dorée.

Puis, la saison passée et les printemps éteints,
En ces âmes les fleurs et les chansons tardives
Éclatent tout à coup, mais aux pires destins
Les rameaux sont sans force et les voix sont plaintives !

Vieux Portrait

Toute fraiche teinte est passée
Sur ce vieux portrait au pastel.
Seule, la robe nuancée
A gardé des tons bleu de ciel.

La bouche en arc devait se tendre,
Mais son jeune et charmant contour
S'affaisse en un sourire tendre
Qui sera navrant quelque jour.

Les deux points brillants des prunelles
Baignent les yeux comme des pleurs.
Où donc les grâces éternelles ?
Où donc les éternelles fleurs ?

La tombe prend la jeune fille,
La jeunesse prend les enfants,
Le temps aux portraits de famille
Prend leurs sourires triomphants.

Est-ce au fond de nos âmes closes
Qu'à jamais nous contemplerons
Ces teintes roses toujours roses
Qui meurent sur les plus beaux fronts ?

Non, car ce n'est pas dans la vie
Qu'il faut chercher l'éternité ;
Mais c'est un bonheur qu'on envie
De voir pour dernière beauté

La pensée, alors que s'efface
Son fragile éclat de pastel,
Conserver quelque vague trace
De ce bleu qu'elle tient du ciel !

Pensée d'Hiver

Le givre étincelle en étoiles blanches
Sur la vitre où luit le matin changeant,
Et brode de fleurs et de folles branches
Un tissu moiré d'opale et d'argent.

Et l'on peut rêver, les fenêtres closes,
Tant le jour paraît lumineux et clair,
Tant ce léger voile a de teintes roses,
Qu'avril passe et chante aux plaines de l'air.

Mais qu'un seul rayon, près de la gelee,
Répande l'éclat d'un ardent flambeau,
Aussitôt se fond la trame étoilée,
Rien n'en reste plus que des gouttes d'eau

Qui coulent alors, froide et lente pluie,
Sur la vitre terne, et l'on peut revoir
Dans le ciel d'hiver la mélancolie
Errer tristement sous son crêpe noir.

Ainsi plus d'une âme, entre elle et la vie,
Étend comme un voile aux doux reflets blancs
Le rêve, et se met à songer, ravie,
Que tout resplendit sous ces plis tremblants.

Mais un jour, subite et vive étincelle,
Passe un clair rayon de réalité,
Et l'illusion se fond et ruisselle,
Couvrant de pleurs froids le cœur attristé.

Mélancolie

I

Comme une songeuse Ophélie,
Près de l'âme, fleuve irisé,
Se penche la Mélancolie.

Sous ses doigts blancs elle a brisé
Tous les rameaux dont l'Espérance
Ombrait le rivage apaisé.

Et, dans sa rêveuse démence,
Elle a cueilli toutes les fleurs
Que le jeune Espoir ensemence.

Maintenant aux flots voyageurs
Elle livre leur vague arome,
L'éclat de leurs fraîches couleurs.

Et l'âme, en son onde qu'embaume
Tout ce doux printemps effeuillé,
Reflète un gracieux fantôme,

Aux bords défleuris appuyé,
Illuminant d'un charme étrange
Sa grâce de roseau ployé...

Mais l'écume argente sa frange
Sur le flot maintenant amer;
Et fleurs, parfums, tout devient fange.

Agitée au souffle de l'air,
Plus affaissée et plus pâlie,
Une image tremble au flot vert.

Ce n'est plus la Mélancolie;
C'est celle qui vient tôt ou tard,
Qu'on l'attende ou bien qu'on l'oublie.

C'est la Tristesse au froid regard.

II

Toujours ainsi, l'une après l'autre,
Elles s'en viennent près de nous,
Comme un maître et son jeune apôtre.

L'une aux pensers tristes et doux
Livre l'âme indécise encore;
L'autre fait ployer les genoux.

Et comme un doux reflet colore
Parfois l'ombre qu'on voit errer,
La Mélancolie est l'aurore

Des jours où nous devons pleurer!

Quand j'aurai quarante ans

Sur les sentiers fleuris où rêvait ma jeunesse
La mousse étend partout son velours nuancé,
Et dans mon cœur où tremble une vague tristesse
L'oubli croît chaque jour et couvre le passé.

Je l'ai senti mourir sans espoir qu'il renaisse
Le printemps, le ciel d'aube à jamais effacé.
Je les ai vu tomber une à une et sans cesse,
Les fleurs que maintenant foule mon pied lassé.

Et pourtant quelquefois une graine oubliée,
Par le soleil d'avril en la terre éveillée,
Germe et fleurit encor dans le sentier désert.

Parfois aussi, rouvrant sa corolle glacée,
Un lointain souvenir fleurit dans ma pensée,
Comme si dès longtemps ce n'était pas l'hiver.

Réminiscence

D'où venez-vous, notes perdues
Que je chante sans y penser,
Et quand donc vous ai-je entendues
Auprès de moi rire et passer?

O douce mélodie apprise,
Puis oubliée en un seul jour,
Vous me procurez la surprise
Et tout le charme d'un retour.

Pourtant dans sa mélancolie
Mon esprit n'avait pas cherché
Le fil sonore qui vous lie
Et que le temps a détaché.

Mais aux jours d'été clairs et roses
Les fauvettes s'en vont des nids,
Les sons rêveurs des âmes closes,
Tous de la terre aux infinis.

Les notes sont des oiseaux frêles,
Elles prennent la clef des champs,
Et le tumulte de leurs ailes
S'harmonise en de vagues chants.

Départ

C'est un départ; chargés de gerbes,
Les chariots lourds ont passé
En laissant tomber dans les herbes
Des brins de blé mûr et cassé;

Puis au premier matin de givre,
Ses mannes pleines jusqu'au bord,
La vendange s'est mise à suivre
Par les chemins la moisson d'or.

C'est un départ! Sous les feuillées
On entend comme un bruit de pleurs,
Au front des aurores mouillées
L'adieu met toutes ses pâleurs.

Sous les fers aigus de la herse,
Les piétinements du labour,
On voit des sentiers de traverse
Creusés plus profonds chaque jour.

Le vent souffle. O saison tardive,
Dont le vol s'ouvre tiède et grand!
Ton dernier adieu nous arrive
Dans les cris d'un cygne émigrant.

Tout s'émeut : feuilles détachées,
Barques à l'ancre, arbres flétris
Dont les branches restent penchées
Vers cet appel triste et ces cris;

On sent l'inquiétude immense
De tant d'éléments séparés,
L'incertain de ce qui commence.
Et, pendant que les flots serrés

Se hâtent criblés par l'averse,
Les peupliers et les roseaux
Semblent traîner en sens inverse
La rive qui fuit loin des eaux!

La Ronde

Dans la cour où s'agite une ronde d'enfants
S'élève un chœur sonore et lent de voix naïves,
Où rien ne tremble, où rien n'hésite, où triomphants
Les rires sonnent clair sur les notes plaintives.

Les larges corridors et les vieux escaliers
Sentent frémir leur ombre où palpitent les ailes
Des sons rêveurs; il chante en l'écho des piliers,
Cet air ancien fleuri sur des lèvres nouvelles.

Et tous ceux que le bruit de ces petites voix
Éveille dans le rêve ou la mélancolie,
Croient entendre chanter, vive comme autrefois,
Leur enfance, en sa robe bleue ensevelie.

C'est que de ce refrain monotone et plaintif
Deux genoux caressants ont marqué la mesure,
Qu'il gardera toujours son rythme primitif,
Et que bien plus qu'un chant encor, c'est un murmure,

Un murmure flottant aux souvenirs lointains,
Parmi des reflets blancs de claire mousseline,
Où tremblent la lueur errante des matins
Et des mots égarés de prière enfantine !

Tout au fond des bouquets...

Tout au fond des bouquets se cache une tristesse,
Ce qui reste de terre aux rameaux assemblés ;
C'est comme le regret d'une vie en détresse,
Les esprits attentifs en demeurent troublés.

Sur les flacons remplis de subtiles essences,
Les sachets de satin, poudreux comme l'été,
Les parfums respirés, malgré leurs réticences,
Gardent l'âme en sommeil des fleurs qu'ils ont été.

L'étonnement de l'aube aux corolles ouvertes,
La hâte des midis si courts et si brûlants,
Et l'effroi de la nuit sous les frondaisons vertes,
Tout se devine encore en ces souffles tremblants.

Chagrins de fleurs, tourments de tiges immobiles,
Encens frêle allumé par des soleils éteints,
Vous survivez longtemps aux pulpes inutiles,
Dont l'éclat colora de rapides destins.

Mais je regrette, auprès du rêve qui subsiste,
Juin, Juillet, Août, comptés aux rayons du soleil,
Les orangers autour de la cour un peu triste,
La candeur des grands lys sur le jardin vermeil,

Et les aromes doux des profondes allées
Où les tilleuls, fleuris jusqu'à leur faîte obscur,
Font monter dans l'élan des branches étalées
Des calices de fleurs à des hauteurs d'azur.

Je voudrais revivre ma vie...

Je voudrais revivre ma vie,
Jour par jour, avec la raison
D'une intelligence asservie,
Que ne tente plus l'horizon ;

Relire tout entier mon livre,
Sans me hâter et sans frémir,
De la page où l'on se sent vivre
A celle où l'on se voit mourir.

Plus d'attente ni de surprises;
Et les bonheurs sans lendemain,
Feuilles roses, au revers grises,
Ne feraient pas trembler ma main.

Vers quel lointain...

Vers quel lointain s'en vont nos barques en dérive,
Vers quel gouffre ou quelle anse aux rivages unis?
Les yeux fermés, la voile est courte et l'ombre arrive,
Laissons-nous entraîner aux vagues infinis.

Si le Dieu qui nous fit nous conserve sa grâce,
Qu'il mesure le choc à nos espoirs brisés,
Et nous attire à lui par le temps et l'espace,
Étoiles en déroute, éléments divisés.

Aux saisons se guidant, on devrait changer d'âge,
Et puisqu'il faut mourir, se sentir emporté
Dans le vent d'équinoxe ou la flamme d'orage,
Par un souffle éperdu de printemps ou d'été ;

Suivre la vie en tout ce qui la renouvelle,
Astre, oiseau, feuille d'arbre, ou fleur au jardin blanc
Où l'âme se transforme en tout ce qui fut aile,
Et le corps en Jésus dont il fut ressemblant.

Mais la souffrance est dure et le mal qui blasphème
Creuse les plis du doute et du courroux au front.
Mourir ne serait rien, mais quitter ce qu'on aime
Ou penser : « Je vivrai, ce sont eux qui mourront ! »

Dépareiller les cœurs et dédoubler les vies?
Non, en vain s'alarmer et se défendre en vain,
Et que nos volontés se tiennent asservies ;
Je veux croire la fin belle, et le but divin.

Enfant, j'ai savouré...

Enfant, j'ai savouré ton silence, ô nature,
Le calme de tes nuits aux frissons argentés,
Quand mes rêves, du bord de la vieille toiture,
S'élevaient loin des champs et des bois désertés.

L'ombre mystérieuse emplissait l'étendue,
Mes yeux clos en gardaient le voile du sommeil,
Et l'on eût dit ma vie, en un instant rendue
Aux limbes, où ne luit étoile ni soleil!

Le clair de lune, errant au sable des allées,
Glissait en floraisons de ciel, en rayons blancs,
Remués par le vent et les choses ailées
Que croise dans la nuit le rêve aux pas tremblants.

C'était l'heure où l'on voit les tristes Ophélies
Cherchant, près des étangs aux joncs entrelacés,
Ce qu'il faut de bouquets à leurs tresses pâlies,
Et de place, au néant de leurs esprits lassés;

C'était l'heure d'obscur et d'extrême silence
Où tout monte, attiré par un lointain aimant,
Les brumes, les parfums; et la longue cadence
De la terre suivait ce vague envolement;

Les arbres même, au sol retenus et solides,
De leur cime touchaient là pointe des cils d'or,
Et sur le fleuve, au bord des grandes eaux fluides,
Les vagues qui mouraient semblaient prendre un essor!

Venise

Vieux canaux, vieux palais, et vieux ponts sur l'eau
Où des ombres s'en vont hâtives et drapées [morte.
Si fièrement, et se posant de telle sorte,
Qu'on croit voir aux haillons luire des blancs d'épées !

Cela passe et s'engouffre au coin de quelque porte,
Cependant que le flot sur les pierres trempées
Pleure, et noircit de tout ce qu'il porte et rapporte
Les maisons, de mystère ancien enveloppées.

Ce n'est plus la Venise inclinant ses façades
Vers Saint-George enflammé d'un couchant toujours
[rose,
Et mirant des balcons, des toits, des colonnades

Au grand canal, où glisse, avec les sérénades,
La gondole qui porte en ses voiles moroses
Le deuil silencieux et persistant des choses !

A Cassandre, dame de Pré

Dans les mêmes vallons où j'ai tant promené
Et redit mes douleurs à la belle lumière,
Cassandre, au temps lointain, par votre nom orné,
L'amour vous fut constant, la gloire coutumière;

Le ciel avait ces bleus, le bois ces verts profonds;
La Loire en une souple et fuyante magie
Mêlait ses roseaux clairs au sable de ses fonds,
Tantôt fougueuse et vive, et tantôt assagie.

Vous, comme elle, suiviez le caprice exaltant,
Et Ronsard, à qui fut chère votre beauté,
Nous fit *juges du mal qu'il souffrit en aimant*
Votre fière douceur, votre humble cruauté.

Je le vois en l'allée, où les roses fleurissent,
Cherchant la rime double au vol des scarabées
Dont les ailes souvent se ferment et se glissent,
Au cœur tendre et vermeil de ces roses tombées;

Je l'entends assembler et vous dire ses vers
Ramassés ce matin dans le filet d'une ode,
Célébrer en vos yeux le splendide univers
En dépit du soupçon et de la mort qui rôde.

Et vous vous promenez sur la terrasse en fleurs;
Légère, vous poursuit l'ombre de la tourelle;
Votre marche a bien l'unisson de vos deux cœurs,
Ronsard était poète et Cassandre était belle.

Ainsi, pensant à vous, je vous revois errer,
Et mon deuil n'assombrit pas votre souvenance ;
Où vous fûtes joyeuse, une autre peut pleurer,
Sous notre ciel changeant et doux de vieille France.

Nuit sereine

Dans l'entrelacement des archets se dessine
Un jardin où la lune a soupit sa clarté,
Ombreux et sinueux; et la nuit est divine,
Plus pâle que l'amour et sa sœur en beauté.

Les échos de la fête, oiseaux en troupe lasse,
Éparpillent les sons voluptueux du bal.
Juliette surgit au rythme qui l'enlace,
Et s'accoude enivrée à son balcon fatal.

O Jeunesse! Un printemps à figure de rose!
Des étoiles aux yeux, des brocarts, des parfums,
Des perles à son front qui sur sa main se pose,
Des perles au corsage et dans ses cheveux bruns.

Elle écoute et regarde : au ciel l'éther immense,
Mais il n'est pas trop haut pour son rêve exalté.
Sous la feuillée un chant qui s'accorde et commence,
Le rossignol, ténor furtif des nuits d'été.

Mais elle a dans le cœur bien d'autres vocalises,
Et droite, en ses atours que le bal assouplit,
C'est Juliette, enfin dans le blanc des églises,
Des noces, le blanc pur devant qui tout pâlit.

Rien dans cette nature aujourd'hui son esclave,
Ne peut se comparer à ce charme enfantin
Qui fait la femme belle, et Roméo si brave,
Et pourtant ne saura conjurer le destin.

Il est caché dans l'ombre à l'abri des grands arbres,
Il est aveugle et sourd aux splendeurs de la nuit.
Plus haut que les balcons et plus froid que les marbres,
Il est celui qui guette et celui qui poursuit.

Là-bas, par les chemins où Roméo s'engage,
Il l'accompagne, alors que l'amant se croit seul,
Et la lune avertie, en l'écart du feuillage,
Tend un large rayon, blême comme un linceul.

Fond d'Allée

La colombe volait autour de la statue,
Et, blancheur qu'attirait le marbre pur et blanc,
Vibrait dans son contour et semblait un fragment
De l'Astarté pour qui l'on triomphe ou l'on tue.

D'abord au front étroit elle appuyait son col,
S'y posait, en ouvrant d'un coup vif ses deux ailes,
Comme l'Esprit lui-même, au hiératique vol,
Et planant au-dessus des formes immortelles.

Puis à la main ouverte où manquait un emblème,
C'était l'oiseau qui doit être sacrifié,
Qui cherche vers l'autel le supplice qu'il aime,
Proie, offrande et victime éloignant la pitié ;

Maintenant, sur les pieds de l'insensible Idole,
Lui ressemblant ainsi qu'oiseaux immaculés,
La colombe abattue évoquait le symbole
De l'amour qui descend des gouffres étoilés,

Ivre d'espace et du soupir errant des mondes,
Si las de son pouvoir, qu'il recherche humblement
Où replier son vol aux ailes vagabondes,
Où reposer son cœur de l'éternel tourment !

Égalité

Des prés, des vallons et des bois,
Une onde en un prisme liquide;
Des couleurs, des parfums, des voix,
Croisés dans l'air doux et limpide.

Un grand ciel, et sur les confins
Du couchant de braise, et du voile
De la nuit qui monte, une étoile
Clignotant de ses regards fins;

Le pollen des fleurs dispersé
Au vol tournoyant des abeilles,
Et l'angélus du soir versé
Parmi les moissons et les treilles...

Ailleurs, c'est le triste faubourg,
Les vitres en étroit espace,
L'air qui se fait ardent et lourd
De tant d'humanité qui passe !

C'est la fumée et la moiteur,
Et le tapage de la rue,
Cris de colère ou de douleur,
Fouet claquant au cheval qui rue !

Aux fenêtres, des fronts penchés
Vers un peu d'été qui s'attarde
Dans les liserons accrochés,
Parant le bord d'une mansarde...

Et là-bas comme ici, vivant
De leurs chagrins ou de leur joie,
Des êtres au sort décevant,
Qu'il se confine ou qu'il s'éploie ;

Des cœurs pareils ; aux battements
Comptés par la mort souveraine,
Des pleurs, des rires, des serments,
Les anneaux froissés de la chaîne !

Car si les lys en nombre éclos
Boivent aux clartés matinales
Leur encens pur à légers flots,
Et la blancheur de leurs pétales,

Si la pêche, à l'été de feu,
Prend son carmin, sa splendeur ronde,
L'homme, trop ressemblant à Dieu,
Porte la vieillesse du monde.

Et dans le merveilleux décor,
Ou dans la sordide misère,
Anxieux, il marche à la mort
Par des étapes de mystère.

Crépuscule

Le jour tombe et je laisse en moi tomber aussi
La paix du crépuscule et son ombre avancée,
Et tout ce qu'apporta, sans pitié ni merci,
Un jour de plus, surcroît à mon âme lassée.

Tout ce qui put troubler le bonheur apparent,
Bouleverser la rive et rider la surface ;
Je laisse au fond descendre, en les accélérant,
La pierre qui s'incruste et la feuille qui passe.

L'une perd son élan et l'autre son poison,
Et le calme bientôt, en cercles qui s'étendent
Et rejoignent les bords de verdoyant gazon,
Recouvre le tumulte où les nerfs se détendent.

En Bretagne

En Bretagne, la nuit ne vient pas du ciel clair,
Elle ne s'étend pas comme un manteau qui tombe.
Elle monte du sol où se condense l'air,
Des champs emprisonnés, de la grève et la combe,

Des rivières suivant le reflux de la mer,
Laissant fuir en son cours les rubans de leur onde,
Et mêlant leur douceur avec le sel amer,
Et leur flot paresseux, à la vague profonde ;

De l'ossuaire ancien, près du cloître, béant;
Des calvaires dressés en branches étagées :
En haut Notre-Seigneur, Sainte Marie et Jean
Puis Madeleine et Pierre, et plus bas des rangées

D'apôtres, de soldats, toute la Passion
Émue et figurée en petites images,
Où ne manquent l'étable ou l'Annonciation
Ni les bergers, montrant le chemin aux rois Mages,

Ni Judas qui trahit d'un baiser le Sauveur :
Chacun portant l'emblème, ou sculptant le symbole,
Véronique et le voile, et l'Ange avec sa fleur,
Le bon Samaritain selon la parabole.

La nuit vient du granit qui fait les chemins bleus,
Des tombes dont le deuil est visible à leurs pierres;
Elle vient du passé chrétien ou fabuleux
Émergeant de la lande et des hautes bruyères.

Novembre

Arbres parisiens, aux sèves mesurées
Par la pierre, l'asphalte et par le gaz ardent,
Vous portez des oiseaux et des nids cependant,
Et le soleil vous fait des branches empourprées ;

Vous êtes la nature au milieu des palais,
Du morne cimetière et du faubourg alerte ;
Vous dépassez parfois les murs d'un souffle frais
Où le hasard d'un fruit met une pulpe verte.

Ce soir, contre ma vitre, entre vos noirs rameaux
Où la feuille en détresse a des révoltes d'aile,
J'évoque un fleuve lent à sa rive fidèle,
Et la paix ancestrale où dorment les hameaux.

Paris, dont la rumeur a tinté dans un lustre,
De quelque choc lointain, sur son pavé heurté,
Paris, je l'entends bien, mais, rêvant de l'été,
Je me crois accoudée à quelque vert balustre.

Une abeille bruit, un liseron penché
Ferme comme un cornet sa corolle de soie.
Le soir rôde, un parfum pénétrant et séché
Jaillit sous l'arrosoir qui met la terre en joie.

L'heure est divine, ainsi qu'un sursis de bonheur
A tous ceux qu'accabla le mal obscur de vivre,
Souvenir d'oasis à goût d'arbre et de fleur,
Malgré la nuit, l'hiver et l'approche du givre!

Patrie

La France, dans mes livres d'enfant, apparue,
En zones que coupaient les fleuves écumeux,
Si vaste, mais encore à mes yeux inconnue,
Me semblait un jardin, là clair, ici brumeux.

La mer, sur plusieurs bords, en faisait des rivages,
Et ce mince trait bleu, rien que figuratif,
Que de départs, d'adieux et de vagues naufrages
N'a-t-il pas simulés pour mon esprit naïf!

Tout au centre enfermée, était l'Ile-de-France,
Comme un noyau de fruit, plutôt comme le cœur
De tout ce grand pays, ignorant de l'offense,
Où Clotilde régnait près de Clovis vainqueur.

Des chênes, des forêts de chênes, la Bretagne,
Où les dolmens moussus se souviennent encor,
Où les calvaires vieux dressés dans la campagne
Sont jusqu'aux pieds des Christs fleuris de genêts d'or!

Sous les roses pommiers, la verte Normandie
De l'arche de Noé gardait tous les troupeaux
Et levait sa falaise, en rempart qui défie
Bien plus l'envahisseur que la force des eaux.

Près Tours, Lyon et Dijon, où croît le monastère,
Tous les fruits des vergers, étalés au ciel pur,
Attiraient les oiseaux que mire et désaltère
Le fleuve reflétant la beauté de l'azur!

Plus bas, sous les mûriers où se file la soie,
Et sous les oliviers amis d'antique paix,
Les moissons ondulaient que mûrit et que ploie
Le fort soleil, avec le vent complice et frais.

Les montagnes étaient bornes infranchissables,
Puisque je ne savais alors que mon pays,
Ses rivières, ses prés, ses forêts et ses sables;
Et des autres n'ayant encore rien appris,

Rien ne m'influençait pour n'aimer que toi seule,
O France dont j'étais une chétive enfant,
Me serrant tendrement contre l'antique aïeule,
Les mains pleines des fleurs de son sol triomphant;

Les yeux pleins du mirage ardent de sa lumière,
Variée au feuillage, aux souffles, aux saisons,
A la longueur des jours que mesure la terre,
A l'infini plongeant des vastes horizons!

Messes lointaines

Dimanches enfantins, grand'messes de village,
Dans l'étroit banc de chêne où ma grand'mère assise
Penchait sur son gros livre un vieux et doux visage,
Et me montrait comment on se tient à l'église;

Où le cierge bénit, quand j'allais à l'offrande,
Tout doucement, et droite, à cause de la cire,
Avait des rubans clairs et des fleurs en guirlande,
Houlette d'un troupeau que je croyais conduire!

Où je voyais des rangs de vieilles paysannes
Sans livre, mais aimant des lèvres leur prière,
Usant à deux genoux leurs jupes de basanes,
Et n'ayant pour prie-Dieu que les dalles de pierre.

Je trouvais le temps long, parfois, pendant le prêche,
Et regardais aux murs l'ombre qui se retire,
Saint Sébastien, le bras transpercé d'une flèche,
Ou sainte Agnès, tenant la palme du martyre;

Puis, au fond de l'autel, une Vierge Marie,
Pour son Assomption s'enlevant sur un globe,
Et des anges volants, à la mine fleurie,
Entrevus dans son voile et les plis de sa robe;

Me demandant comment et par quel doux mystère
Ces anges, qui n'avaient que la tête et les ailes,
Pourraient jamais marcher s'ils descendaient sur terre,
Exilés un moment des sphères éternelles.

Blancheurs de ma mémoire, où l'orgue chante encore,
Où les coups de serpent succèdent a la cloche ;
L'odeur du pain bénit, l'encens qui s'evapore
Se mêlaient aux tiédeurs de midi qui s'approche ;

On sortait sur la place, et les tilleuls en dôme,
Tout bourdonnants alors de souffles et d'abeilles,
Frais au creux de leur ombre, enveloppés d'arome,
Semblaient continuer la messe et ses merveilles !

Femmes

Si celui qui t'aima, trahi par de plus belles,
Un jour doute de toi, c'est l'injuste retour;
S'il s'en prend à ton cœur de leurs vœux infidèles,
S'il s'en prend à tes yeux tout éclairés d'amour

Et s'il les fait pleurer, laisse couler tes larmes,
Même tout en souffrant, car elles laveront
Au fond du souvenir les anciennes alarmes
Et l'ombre qu'il voyait aux pâleurs de ton front.

Dans la chaîne des temps, depuis la chute d'Ève,
Toute rose en l'Éden que dorait le matin,
La femme a supporté sans pitié ni sans trêve
Tous les ressentiments de son premier destin ;

Victime de la faute, elle en eut l'esclavage,
Garda l'enlacement du mensonge en ses bras.
Lianes et buissons dans le jardin sauvage
Ont limité toujours sa raison et ses pas !

De la mère à la fille, et des unes aux autres,
Transmettons le fardeau, l'hommage et la douleur,
Et femmes, faisons-nous, pour les femmes, apôtres
Et mesurons leur vie aux peines de leur cœur ;

Puisque le même crime a rendu solidaires
Marthe qui vit le Christ, Psyché qu'Éros aima,
Celles qui n'ont aux doigts que les grains des rosaires
Ou les brillants anneaux que l'amour enflamma :

Les recluses en Dieu, saintes désenchantées
Glissant au petit jour en l'ombre des arceaux;
Les mères s'endormant au rebord des berceaux,
Les folles que leur lampe éteinte a déroutées!

La Maison des Anges

En face de l'église est la maison bénie
Que des anges sculptés gardent avec orgueil.
Leurs ailes qu'ils replient sont bien en harmonie
Avec le toit penché que le temps humilie,
Comme il ébrèche encore une marche du seuil.

Ces vieux logis livrés à l'assaut d'une ville,
Avec ses bruits, l'élan de son impiété,
Protègent, tout au fond de leur abri tranquille,
Une cour, puis un arbre à hauteur de la tuile,
Presque un cloître, et le puits qui tombe en vétusté.

Je voudrais te donner cette maison, Edmée.
Tu saurais y murer ton cœur fier et pieux,
Y conserver toujours en ton âme charmée,
Comme, en un sachet blanc, une essence embaumée,
L'amour de tes parents et la foi des aïeux.

C'est cela que, croisant leurs ailes empennées,
Avec un pur regard mais qui ne cède rien,
Les anges garderont encor bien des années,
Après tant de Saluts et tant d'heures sonnées
Au clocher qui leur fut un fidèle gardien.

Nuit

Je regarde la nuit noire de ses fantômes,
En deuil du jour,
Prête pour les fadets, les sylphes et les gnomes,
Et pour l'amour!
Calme, silencieuse, et porteuse de rêves
En ses tissus
Recouvrant les forêts, les ravins et les grèves
Aux yeux déçus!
Morte, l'activité qui remue aux lumières,
Chante au soleil!

Et sur les prés fauchés fait voler en poussières
Le sol vermeil;
Qui fait s'éclabousser le sillage des barques,
Sous l'aviron,
Et du cadran solaire interroge les marques,
Chiffres en rond.
A peine un oiseau crie et la fourmi s'arrête;
Le mouvement,
C'est le rayon qui marche; et l'on sent la nuit prête
En s'endormant!
Dormons; qui peut scruter les ténèbres profondes
Sur son chemin,
Ou le silence énorme étendu sur les mondes,
Jusqu'à demain!

Ame simple

La pauvre paysanne, en place dans Paris,
Est entrée à l'église à l'heure de l'office,
Raconter son exil avec son sacrifice
Et cet étrange mal qu'on dit mal du pays,
Qui nous étreint le cœur comme dans un cilice;

Son costume surprend : à cinq rangs de velours,
Le corsage croisé sous le fichu de bure,
La coiffe aux ailerons de fine dentelure,
Et le tablier vert sur la robe aux plis lourds;
Elle vient de Bretagne et de la côte dure!

Sans chaise ni prie-Dieu, les bras tendus et droits,
Vers son Sauveur qui l'aime à cause de sa peine,
Tour à tour enviant Marie ou Madeleine,
Elle fait sans fléchir son long chemin de croix,
Les genoux ramassés sous sa jupe de laine.

Mais que l'église est grande en ce pieux parcours,
Et que l'autel est loin pour sa brève prière!
Qui l'entendra, montant aux colonnes de pierre?
Si Dieu ne la reçoit, d'où viendra le secours
A l'angoisse qui tient son âme tout entière?

La haute nef a trop de cierges allumés,
L'orgue est comme un tonnerre; et la Vierge Marie
Comme une reine a des colliers de pierrerie;
Son bel enfant, un globe entre ses bras fermés,
N'est plus l'Enfant-Jésus que l'on aime et qu'on prie!

Elle revoit alors son modeste clocher :
Sur le seuil qui s'affaisse, une marche branlante,
Les fonts sont au revers de la porte battante,
Avec la corde, où le sonneur doit s'accrocher,
Pour les glas et les angélus à nuit tombante!

Voici les bancs de chêne où traînent les missels,
Car chacun tient toujours même place à l'église ;
Et la chaire à prêcher, à la tournante frise
Faite de fleurs, d'oiseaux, d'arbres essentiels,
Où des anges volants s'entrevoient par surprise :

Le cimetière aussi : c'est par là que l'on vient,
En côtoyant ses morts, à Dieu qui vous appelle :
Les croix font le sentier de la vieille chapelle,
Les tombes, les bouquets ; on pleure, on se souvient...
Et l'heure de la Messe en est plus solennelle !

La lumière du jour entre par le vitrail,
Que frôle le dessin d'une vigne enlacée,
Et cette même vigne en dentelle est tracée
Sur la nappe d'autel ; le plus petit détail
Émeut la pauvre femme et trouble sa pensée.

Le soir, au fond du chœur, la lampe qui brûlait,
Terne, devient plus vive et paraît une étoile,
Protégeant le petit navire avec sa toile,
Suspendu dans l'espace et comme s'il allait
Partir dans l'infini que la foi nous dévoile.

Qu'il faisait doux prier dans l'ombre qui noircit,
Où sont les revenants du souvenir fidèle !
Sa mère, tout enfant, on priait auprès d'elle ;
Son père, du naufrage on lui fit le récit ;
Et celui qui l'aimait et qui la trouvait belle !

Mais tous ces pauvres gens ne viennent plus hanter,
Dans Paris trop bruyant, la route longue à suivre,
Et si, pour l'éprouver, Dieu la condamne à vivre,
Ainsi que son Sauveur, il lui faudra porter,
Toute seule, sa croix, au ciel qui nous délivre !

Au loin

Le râteau promené dans les blondes allées
Trace des chemins creux pour la sage fourmi,
Pour la mésange et pour les bestioles ailées
Qui cherchent un brin d'herbe ou bien un grain de mil.

Mon esprit, voyageur d'un désir ou d'un rêve,
Suit les sillons menus et si vite comblés,
Pendant que l'heure passe et que le jour s'achève
Dans le ciel aux aspects purs et renouvelés.

Il rejoint le domaine où les fleurs avaient l'âge
Et l'éclat attendri de mon jeune printemps.
Si mon premier espoir naquit sous son feuillage,
Mon premier regret dort au fond de ses étangs;

Si j'ai vu la nature et gardé son empreinte,
Comme un voile impalpable et de parfums tissé,
Qui fit mon esprit clair et mon âme sans crainte,
Et me donna le goût des choses du passé,

C'est aux vieux murs rejoints par des chaînes de lierre,
Aux bancs rivés au sol plus fort que des tombeaux,
Aux charmilles, gardant des voûtes de lumière
Dans l'entrelacement ancien de leurs rameaux,

Aux sources dont l'eau vive emplissait les fontaines
D'un flot presque invisible à force d'être pur,
Que j'ai dû mon regard vers les heures lointaines,
A travers les chagrins de ce monde peu sûr!

J'évoque, en les faisant revivre, ces journées
Où tenait la beauté de toute une saison ;
Ces parterres fleuris, aux plantes surannées,
Pieds d'alouette, œillets et roses à foison ;

Ces pommiers supportant les lessives d'automne
Dont les linges claquaient, étendant leurs blancheurs
Sur les prés ; et le chant égal et monotone
Des perdrix rappelant, là-bas, loin des faucheurs.

L'orangerie avec son goût aromatique
D'herbier, de feuille sèche et d'hiver attiédi.
Et dont j'ai retrouvé le charme nostalgique
Au désordre embaumé des jardins du Midi...

Bruit léger du râteau, rythmé comme la vie,
Faisant tomber le temps comme d'un sablier.
Je l'écoute, à la fois douloureuse et ravie
De ne pouvoir revivre ou savoir oublier !

Crépuscule parisien

Cet oiseau que j'entends à la fin des journées,
Dans le déclin du jour élevant une voix,
Réveille dans mon cœur, au delà des années,
Des chagrins assoupis, des plaintes enchaînées,
Ce que j'ai dû souffrir et céler quelquefois.

Il s'anime et répand ses deux notes pareilles
Dans le jardin désert qui s'émeut alentour ;
Il répond à la vasque, où les pieds de l'Amour
Sont baignés du jet d'eau monotone aux oreilles,
Et mon âme et l'oiseau se plaignent tour à tour.

Ainsi, par le secours mystérieux des choses,
Nous pouvons épancher nos douloureux secrets.
Tout alterne et s'échange en ces métempsycoses :
Si les amours défunts gisent au cœur des roses,
L'oiseau garde en sa voix l'accent de nos regrets !

Et l'onde prisonnière en larmes s'amoncelle,
Rythme le crépuscule, aux massifs, déjà noir.
N'est-elle pas aussi complice qui décèle
Auprès du pâle Amour dont le marbre ruisselle,
L'abandon, la langueur confidente du soir ?

Cloches

Laissez entrer la voix des cloches
Par les volets ouverts tout grands,
Portant des appels, des reproches
En sons émus, en sons vibrants !

Elle pleure, elle insiste, ardente,
Et suspend un moment le cours
Et l'habitude indifférente
Des heureux et des mauvais jours.

Elle frappe l'air et nos âmes
Du même battant solennel :
C'est un tocsin contre les flammes,
C'est un recours vers l'Éternel !

Qu'elles entrent, les cloches saintes,
Avec les lueurs du matin
Qui s'élargissent à leurs plaintes
Tout autour d'un clocher lointain ;

Que midi s'égrène et s'embrase
Au branle de leurs carillons ;
Que l'Angélus, phrase par phrase,
Mesure l'heure et ses rayons ;

Et que, grâce à leur vieux cantique,
La chute émouvante du soir,
Lente et balancée en musique,
Nous réserve encor quelque espoir.

Les Charmilles de Charme

Les charmilles de charme, au début de l'automne,
Semblent un treillis clair semé de pièces d'or,
Un bois mystérieux dont le regard s'étonne,
Comme un rêve, flottant, léger comme un décor.

On marche sur un sol ouaté de feuilles mortes.
Nul bruit, nul froissement des rameaux enlacés
S'arrondissant là-bas, formant comme des portes
Sur un ciel aux effets tendrement nuancés.

Je veux y promener, non pas des espérances
(L'avenir, comme un souffle en avant, frappe au cœur),
Mais de vagues regrets et des réminiscences,
Tout ce qui nous rejoint au passé, ce vainqueur!

Sur ces arbres j'épie une date incrustée,
Un chiffre entrelacé que la sève, en pleurant,
Aurait fixé parmi cette mousse argentée
Qui dit l'âge lointain du bocage attirant;

Rien; et ceux dont les pas suivaient quelque chimère
Sous l'ombre dentelée, en elle évanouis,
Victimes de l'amour et du temps éphémère,
Sont morts deux fois, de la nature et de l'oubli!

Pourtant je chercherai leur trace en ces allées,
Qui toutes s'unissaient au point du rendez-vous,
Puis s'écartaient, comme les branches étalées
D'un éventail sylvestre ouvert à petits coups.

Je reconnais leurs voix frôlant comme la feuille,
Leur marche éteinte est en écho parmi le sol.
Dites-moi la chanson pour que je la recueille,
Qui sur vos lèvres, revenants, prenait son vol?

Les charmilles de charme, en leur grêle ramure,
Depuis plus de cent ans ont dû la conserver...
J'écoute si le vent ou l'oiseau la murmure,
Moi, je ne sais ici que me taire et rêver!

Tapisserie

Ce sont des arbres verts avec des branches bleues,
Et des feuillages, brin par brin entrelacés;
Des paons, laissant traîner et s'arrondir leurs queues,
Sur des perrons aux blancs balustres espacés;

On dirait qu'une source a surgi dans la trame
Des laines, que le temps patient adoucit;
Des roseaux sur les bords ont des reflets de lame,
Un perroquet s'y mire en becquetant un fruit...

Paysage de rêve et du passé; figure
D'un repos de poète en mirages savant :
C'est ainsi qu'il aimait et comprit la nature :
Pas un nuage au ciel, pas un souffle de vent.

Mais des toits entrevus en haut d'une colline,
A demi dégagés des molles frondaisons;
Le parc en plusieurs plans s'élargit et s'incline,
Ménageant les bosquets, les prés les horizons;

Et voici qu'aux deux bouts des ombreuses charmilles
Apparaissent, vêtus pour des fêtes de cour,
Deux danseurs de pavane, aux roses cannetilles,
Les doigts tendus pour se rejoindre en un détour :

Ils complètent ainsi le tendre paysage,
Et j'entends la mesure, et je sais le refrain,
Que marque, en témoignant des grâces d'un autre âge,
Leur pas fantôme, à l'invisible tambourin!

Nocturne en sol mineur

Le Nocturne frémit au sonore clavier
Dont les touches d'ivoire ont des blancheurs de lune ;
En vols de papillons, en plaintes de ramiers,
Le son monte et fléchit comme l'eau sur la dune.

C'est plus que la musique : un cœur en désarroi
Faible et traîné par un génie à sa remorque,
Et qui veut s'évader, mais sent avec effroi
Sur son front délirant les ombres de Majorque.

Chopin après Musset, victimes tous les deux,
Se ressemblant, avec cette hâte de vivre
De ceux dont les matins, archipels lumineux,
Se rejoignent si vite aux soirs couleur de cuivre.

Quelle fatalité mit aux mêmes chemins
Ces deux porteurs de lyre et cette muse ardente
Et livra leur destin fragile aux mêmes mains
D'une Parque aux grands yeux que sa quenouille tente ?

Les arpèges pressés succèdent aux accords :
C'est un lac qui s'argente, une chasse qui clame ;
Et c'est au fond des bois, mêlés à ceux des cors,
Les accents de la bête en détresse, et qui brame.

Ce Nocturne éloquent aux complexes détours,
Parmi l'ombre d'un parc aux bosquets assoupie,
Je sens qu'il nous raconte et les tristes amours
Et les triomphes brefs d'une âme inassouvie.

Qu'il se répande en flots près d'un gouffre béant,
Les roulades formant comme un rythme de danse,
Qu'il s'éteigne en sourdine, et bientôt recommence,
Il évoque pour moi le château de Nohant.

Une fenêtre ouverte à la nuit qui soupire,
Le salon de campagne où tout semble au repos
Quand les cœurs en orage animent d'un sourire
Leur tristesse où les chants éveillent des sanglots.

Les arbres du jardin dans un chuchotement
Mettent leur lassitude et découvrent l'étoile
Qui point au plus profond du large firmament,
Palpitante, et sortant à peine de son voile.

Temps passés, jours enfuis, drame qui se reflète,
Dont le geste aujourd'hui nous serait incompris
Sans le rythme heurté de brise et de tempête
Où se débat l'émoi d'un être encore épris !

Juin

Le coucou décevant chante dans les grands bois :
Il est ici, puis là, jamais il ne s'arrête ;
Son vol est un circuit dessiné par sa voix
Sonore, printanière, et pourtant inquiète :

Coucou ! le moissonneur dans le cri répété
Compte son blé, son or, les récoltes prochaines,
Le meunier voit tourner son moulin déjeté ;
Le bûcheron l'écoute en regardant les chênes.

Précurseur des bienfaits de l'été triomphant,
Il domine et fait taire aux buissons de la haie
Mésanges et bouvreuils au romantique chant,
La fauvette en l'allée et dans la roseraie.

Qu'il chante! Il n'a qu'un jour, une heure de soleil,
Et l'écho pour lequel sa voix semble promise
Avec sa double note au timbre de vermeil
Bientôt, Juillet venant, se taira par surprise.

Mourir

◆

L'oiseau meurt... La verdure et les fleurs de l'été
Miroitent dans son œil qu'il peut ouvrir encore ;
C'est si beau ce qu'il quitte : harmonie et clarté,
La douceur de la nuit, les splendeurs de l'aurore,
Si doux de vivre, et si triste d'avoir été.

Son aile est détendue ; ô cruauté dernière,
Saurait-il l'agiter encor dans un elan ?
Elle bat, elle rythme ainsi qu'une prière
Le souffle qui palpite où s'animait un chant...
Et c'est l'émoi furtif sur la plume légère...

Son nid vide est resté dans la verveine en fleur :
Ainsi ce que créa l'être survit à l'être,
Ce brin de mousse, au bec fin de l'oiseau railleur,
Ce duvet aux moissons qui meurent pour renaître ;
Lui succombe, et je sens se debattre son cœur.

Il fut amour et joie aux aubes lumineuses,
Sur la blonde terrasse où le cèdre aux longs bras
Mesure l'ombre et compte en minutes heureuses
Les heures au cadran de son vaste compas.
L'oiseau ne connaît plus le parfum des yeuses ;

Il aspire un moment dans son muet gosier
Tout ce qu'il transformait en ardeur de la vie ;
Il regrette la rose ainsi que le rosier,
Le rouge fruit piqué sur l'arbre qu'il envie
Et la goutte soustraite à l'eau que vous puisiez.

Sa plume se ternit sous un souffle impalpable,
Le même qui sera notre dernier soupir;
Petite chose inerte et tiède sur le sable
Et qui ne compte plus, toute prête à partir,
Il est comme un symbole inerte et misérable

De tout ce que Dieu crée et condamne à mourir!

Octobre

J'écouterai la pluie égale de l'automne
Dans un pays boisé, près d'une eau monotone,
Aux peupliers dorés par la chute de l'an
Et par celle du jour, sur un flot nonchalant :

J'entendrai ce qui tombe avec la lente pluie,
La feuille en tourbillons et la fleur qui délie
Ses pétales derniers et s'ouvre pour mourir ;
Le nid vide où la plume est lente à refroidir.

Contournant la toiture et battant les tourelles
Comme pour en user les pierres éternelles,
L'eau descendra bientôt sur les vitres, à flots,
En rayures, mêlant les rides aux sanglots.

Du matin blanc, pâli sous l'abondante averse.
Jusqu'au soir que le ciel charitable nous verse,
Pour y cacher l'ennui des heures sans soleil,
Il pleuvra sur le fleuve et l'automne vermeil.

Rythme ininterrompu, limpide écho du rêve,
J'irai l'entendre et je l'écouterai sans trêve
Tant que le ciel voudra pleurer les jours défunts
Sur le toit sans oiseaux et l'aire sans parfums.

A la Loire

O Loire qui tracez une si fraîche empreinte
Au pied des vieux châteaux souriants et fleuris,
Vous avez souvenir de Jehanne la Sainte,
Dont l'étendard était semé de fleurs de lis !

Vous avez vu passer en coiffes la reine Anne
Qui venait de Bretagne et qu'Amboise abrita,
Dont l'Hermine candide et que rien ne profane
Entre le Cygne et le Porc-épic s'incrusta ;

Vous avez reflété la reine Catherine,
Quand du haut de Chaumont elle cherchait aux cieux
Le croissant de Diane, et, toute florentine,
Interrogeait, la nuit, Ruggieri soucieux !

Dans Chambord magnifique et sans que l'on en rie.
François premier traçait avec un diamant
Sur la vitre au fond d'or : *Souvent femme varie,*
Puis allait courtiser les belles dans l'instant.

O Loire, vous avez au cours des anciens âges
Baigné toute une France où l'art est du passé :
Ronsard cherchait la rime au long de vos rivages,
Et le Vinci mourait, un soir, au Clos Lucé ;

Le Vinci, Primatice, aube de Renaissance
Où la pierre palpite et s'érige en fleurons,
Où, telle que Daphné, la femme qui s'elance
En tige prend la courbe ombreuse des frontons.

Et la Touraine entière abrite tant de gloire
Dans ses vallons penchants, son fleuve sans limon,
Qu'elle semble poursuivre un rêve de l'Histoire
Muette, aux siècles morts confiant son renom!

Parc français

Pourquoi réveiller dans les parcs défunts
L'écho d'une gloire à jamais finie,
Relents de baisers, de tièdes parfums,
        Grâce évanouie,
Qui fut dans les yeux fermés bleus ou bruns?

D'un siècle écroulé comme une statue
Dont la tête gît près d'un socle mort,
Pourquoi ranimer la voix qui s'est tue
        Tel un son de cor
Sonnant la curée après la battue?

Parmi les jardins en carré bien droit
Qu'une plate-bande orne à la Française,
Brille un miroir d'eau ; le profil d'un roi
Qui fut Louis Seize,
S'y reflète en un cadre trop étroit.

Que nulle autre image en sa somnolence
Ne vienne troubler ce pâle reflet,
Effigie au cœur de la vieille France,
Remords et regret
Noyés dans un flot couleur d'espérance

Feux d'Automne

Feux d'automne brûlant sur la montagne haute,
Ce qui reste des fleurs du triomphant été,
Les débris de moissons, les lys de Pentecôte
Et les rameaux flétris du coteau dévasté,
J'aime votre ardent holocauste !

Vos astres terriens font au bord de la nuit
Le halo du soleil qui sombre dans la brume,
Et, quand nous regrettons tout ce qui chauffe et luit,
Votre torche aux ressauts de la flamme s'allume;
Elle monte, étincelle et fuit.

Brûlez, purifiez la terre intarissable
Qui s'apprête toujours aux nouvelles moissons,
Et laissez retomber vos cendres sur le sable;
Les rondes maintenant s'accordent aux chansons
Avec le même rythme instable.

Vous semblez les éclairs d'un orage en courroux,
Les phares d'une mer à l'horizon surgie;
O feux de la Saint-Jean, parmi les coteaux roux
Mettez l'illusion d'une aurore élargie
Que le ciel verserait sur nous!

Puis consumez nos cœurs à la tardive flamme,
Car ils ont supporté les solstices ardents;
Dispersez nos débris de rêve et déchets d'âme,
Tirez-en la lueur fugitive et l'encens
Que l'automne qui meurt, réclame...

Par les champs désolés traîne dans les sillons
Ce goût d'âcre fumée et de sèves taries;
La vapeur violette en légers tourbillons
Effleure les guérets et l'herbe des prairies
Où meurt le dernier papillon!

Réveil

Le sommeil s'enfuit, telle une comète
Qui m'entourerait d'ombre lumineuse,
Une étoile au front dans la nuit complète,
Au matin, nuée errante et peureuse.

Il m'avait saisie en son beau silence,
En sa paix rythmée, et je sens encore
Le balancement, la souple cadence
Dont il me berça du soir à l'aurore.

Magique réseau, treillis impalpable,
Retenant la vie aux confins du rêve
Et dans son tamis de marchand de sable
Ce qu'il faut garder du jour qui s'achève.

Quand des yeux rouverts, du front qui s'éveille,
Glisse son bandeau de pénombre douce,
Le ciel nous surprend malgré sa merveille,
Sa clarté nous vient dans une secousse ;

Ainsi que Lazare extrait de sa tombe,
Écartant le poids des voiles funèbres,
Notre esprit surgit, s'élance et retombe :
Rendez-moi l'oubli profond des ténèbres !

Objet de vitrine

Gondole, minuscule image de Venise,
Svelte et noire comme un oiseau,
Comme un oiseau marin que soulève la brise
Au tumulte chanteur des eaux,

Tu m'es un souvenir et bien plus, un emblème
Des jours dorés, dans la douleur,
Des rives s'enfuyant sans qu'on respire même
Le parfum des jardins en fleurs !

Conserve en ton *felse* cette âme voyageuse
Que sut bien astreindre le sort,
Qui battait comme une aile exaltée et peureuse,
Plus prompte au retrait qu'à l'essor.

Sous ton funèbre abri, parfois la Sérénade,
Limpide écho des soirs d'amour,
Pénétrait par l'éclat pressé de sa roulade
Vive ou languide tour à tour.

Le flot d'orage aussi résistait à la rame
En battant la mince cloison,
Mais tu glissais aveugle et fermée à la flamme,
Vers le gouffre de l'horizon.

Les Lidos entrevus, les façades rosées
Tremblant aux vagues dans le port,
Les Iles qui donnaient leurs teintes irisées
A des cristaux tout lamés d'or,

Les églises jetant les heures de prière
En sons de cloche, aux pilotis,
Tout fuyait sous la rame écartant en arrière
Sillage et reflets engloutis.

Gondole noire où fut mon rêve insaisissable,
Dans tes courtines de velours
Garde-le de l'oubli, du vent et des flots lourds,
Car j'avais bâti sur le sable...

J'ai rêvé...

J'ai rêvé ; j'ai connu l'enfance et sa magie,
Ce que son regard prête au plus court horizon,
Les élans de son cœur sur la route élargie
Où ses tout petits pas frémissent d'énergie
Allant des prés en fleurs au seuil de la maison,

Et ce goût de l'étude où le savoir s'altère
Doux comme un élixir, âpre comme un printemps
Qui courbe un jeune front et le rendrait sévère
S'il n'échappait, avec le rire salutaire,
Au précoce travail, aux livres décevants.

J'ai connu la beauté des sons et des images
Et l'art éblouissant sous mes peureuses mains,
Le mystère divin des accords, les mirages
De l'arc-en-ciel couvrant les débris des orages,
Tout ce qui luit et vibre à nos espoirs humains;

J'ai rêvé; j'ai pu croire un moment à la vie :
Tout souriait, le ciel prodiguait sa clarté,
Toutes les fleurs s'ouvraient dans une aube ravie,
Autour d'une famille entière, épanouie
Comme on en voit dans les tableaux de sainteté.

Les Donateurs unis dans un coin du triptyque,
Les descendants groupés du petit au plus grand,
Rien ne manquait : le lierre entourant un portique,
L'Étoile scintillante, et, groupe symbolique,
Au milieu du tableau, la Mère avec l'Enfant!

Je rêvais ainsi que, regardant par la glace
Changer le paysage et le ciel s'assombrir,
Le voyageur, absent du temps et de l'espace,
Bercé par la vitesse et la paupière lasse,
Finit par oublier le but de son désir;

Les plaines, les forêts, les moissons qu'on active
Et les soleils couchants aux lueurs d'ostensoir,
Tout passe ; il ne sent pas courir l'heure craintive,
Il la presse au contraire en songeant qu'il arrive.
Il arrive, et sur lui tombe déjà le soir !

Les méandres pressés...

Les méandres pressés de la pensée humaine
Sont vagues bien souvent et plus mystérieux
Que ceux tracés sur l'aile où l'on croit voir des yeux,
Des papillons que le souffle d'été ramène.

Ils enlacent le rêve et le réseau des jours;
D'un ciel intérieur ils semblent les nuées;
A vouloir les saisir, bientôt diminuées,
On les voit fondre et perdre, en fuyant, leurs contours.

Fil de la Vierge et fil de la Parque attentive,
Ces fragments de pensée, en se joignant parfois,
Dégagent des lueurs sur la route furtive
Où l'esprit s'aventure en écoutant des voix.

Que savons-nous, livrés à la terre qui tremble
Comme par un semeur jetant ses grains de blé
Au hasard des moissons que tranche et que rassemble
La faucheuse au long geste attentif et voilé ?

Pascal nous dit : « Le cœur de l'homme est déraison. »
Et les yeux sur la croix qu'enviait sa souffrance,
Trouvant l'homme un martyr, la vie une prison,
Il mettait dans la mort sa suprême esperance.

C'est lui, sombre rêveur d'un siècle glorieux,
Qu'on évoque au détour des heures solitaires,
Brisé, car il voulut escalader les cieux,
Icare projeté des voûtes planétaires !

Un gouffre s'étendait toujours à ses côtés
Au fond de *Port-Royal* et dans la *Solitude*
Près du *Moulin*, du *Puits*, de lierre surmontés,
Et malgré l'oraison, la science et l'étude.

On mourra seul, profère-t-il comme une plainte,
L'homme vit seul ; alors pourquoi donc s'attacher,
Puisque tout doit manquer à la dernière étreinte
Et que des plus aimés il faudra s'arracher?

En un cercle fermé, sans fin, l'esprit hésite,
Il revient sur l'élan qui l'avait soulevé,
Il veut croire, il espère, et l'orgueil met en fuite
Les Anges qui gardaient son paradis rêvé.

Dans un Jardin

« Enfant, vois donc les fleurs, si belles dans l'aurore ! »
Mais l'enfant averti, tout près du ciel encore,
Voit en lui des beautés plus belles que ces fleurs
Dont il dédaigne les splendeurs.

« Écoute alors la mélodie
Des oiseaux dans l'ombre attiédie ! »
Mais il connaît des chants plus doux
Qu'on voudrait entendre à genoux...

« Enfant, vois! la lune se lève! »
Mais les yeux de l'enfant qui reflètent son rêve
Restent plus lumineux que les rayons versés
Par l'astre aux rivages glacés.

« Enfant, entends la mer immense! »
Cette plainte sans fin, qui toujours recommence,
Surprend le doux visage inquiet un moment,
Devant la vague en mouvement!

« Enfant, regarde au ciel l'étoile! »
Et la main de l'enfant, comme on écarte un voile,
Ouvre ses petits doigts toute prête à saisir
L'objet lointain de son désir.

« Enfant, voici le son des cloches!... »
L'enfant qui de la nuit sent déjà les approches
Incline en soupirant son petit front vermeil
Qu'appesantit le lourd sommeil.

« Enfant, belle fleur de lumière,
Dors et regarde après l'heure de la prière
Les palais tout remplis de rêves merveilleux
Jusqu'au jour qui rouvre tes yeux. »

TABLE

NOTICE 1

Le Tremble 1
Pensée d'Automne. 3
Vieux Portrait 5
Pensée d'Hiver 8
Mélancolie 10
Quand j'aurai quarante ans. 14
Réminiscence. 16
Départ. 18
La Ronde. 21

Tout au fond des bouquets... 23
Je voudrais revivre ma vie... 25
Vers quel lointain... 27
Enfant, j'ai savouré... 29
Venise 31
A Cassandre, dame de Pré 33
Nuit sereine 36
Fond d'Allée 39
Égalité. 41
Crépuscule 45
En Bretagne 47

Novembre 49
Patrie 51
Messes lointaines 54
Femmes 57
La Maison des Anges 60
Nuit. 62
Ame simple. 64
Au loin 68
Crépuscule parisien 71
Cloches. 73
Les Charmilles de Charme. 75
Tapisserie. 78

Nocturne en sol mineur 80
Juin 83
Mourir. 85
Octobre 88
A la Loire 90
Parc français 93
Feux d'Automne 95
Réveil 98
Objet de vitrine 100
J'ai rêvé... 103
Les méandres pressés... 106
Dans un Jardin 109

Paris. — Impr. Lemerre, 6, rue des Bergers.

www.ingramcontent.com/pod-product-compliance
Ingram Content Group UK Ltd.
Pitfield, Milton Keynes, MK11 3LW, UK
UKHW020238220726
13923UKWH00002B/719